VENTS DE LIBERTÉ

Camille Domain
Evelyne Grondier
Fabienne Jomard
Maryse Schellenberger

VENTS DE LIBERTÉ

Nouvelles

© 2023 Camille DOMAIN ; Evelyne GRONDIER ;
Fabienne JOMARD ; Maryse SCHELLENBERGER

Édition : BoD – Books on Demand, info@bod.fr

Impression : BoD – Books on Demand,
In de Tarpen 42, Norderstedt (Allemagne)
Impression à la demande

ISBN : 978-2-3224-8805-6
Dépôt légal : juillet 2023

PRÉFACE

Vents de liberté est un recueil de nouvelles regroupant des textes imaginés, créés et travaillés dans les ateliers d'écriture de la MJC 3CM à Montluel. Si la MJC est un lieu qui se veut de partage, de retrouvailles, d'émulsion collective et d'expression individuelle, ce recueil vous confirmera que les ateliers d'écriture portent ces mêmes valeurs. 4 autrices issues de ces ateliers, Camille Domain, Evelyne Grondier, Fabienne Jomard, Maryse Schellenberger, accompagnées par l'œil expert et bienveillant de Raphaëlle Jeantet, vous présentent le fruit de leur travail, individuel et collectif. Car oui, la lecture de l'ouvrage confirme bien ces deux derniers traits. C'est avec douceur que le lecteur découvre la singularité de chacune des plumes sans jamais oublier une forme de construction collective. Oscillant entre originalité et clins d'œil les unes envers les autres, chaque autrice entraîne sans difficulté son lecteur dans un périple de mots.

Vents de liberté réussit le pari de ce qu'il annonce : premièrement une liberté dans l'écriture, dans la forme, dans les sujets. Une liberté également dans le rythme : certaines nouvelles sont courtes, d'autres plus longues et l'enchaînement, ainsi que la diversité des textes, à la fois ordonnent et chamboulent très intelligemment la lecture. Les chutes, elles, font sourire, parfois émeuvent, déstabilisent ou connectent avec d'autres. En bref, le lecteur plonge, lit et relie puisqu'entre indépendance et interdépendance, la frontière peut se faire fine…

Si ce vent de liberté trône au-dessus du recueil, il est bien évidemment aussi le maître mot à l'intérieur des textes. L'audace prend toutes les formes, avec des personnages tantôt libres, tantôt contraints, portés et habités par différents courants de liberté. Les vents, quant à eux, s'amusent à être soit légers soit trop forts ; le lecteur parcourt par instants les pages avec tendresse et délicatesse, comme poussé par une brise de liberté, ou bien se laisse capter par une tempête qui vient renverser le cours de l'intrigue.

Des vents de liberté, ce sont aussi des images puissantes. Les textes font appel instantanément à un univers aussi bien réel que littéraire ou imaginaire. En quelques pages, quelques lignes parfois seulement, les métaphores fusent et les symboles prennent place avec force pour créer un nouveau monde fictionnel.

Et au milieu de toute cette aventure, nous apercevons Camille, Evelyne, Fabienne et Maryse planer au-dessus des textes, ayant la capacité de diriger les vents mais aussi de se laisser habiter par la liberté, c'est-à-dire voguer, comme le lecteur, vers des horizons insoupçonnés.

Alors un conseil, faites confiance à ces quatre voyageuses qui tirent les fils de l'émotion, de la surprise, du drame, de l'attente et de l'humour : lecteurs, laissez-vous porter sans détour, par ces Vents de liberté.

Bonne lecture !

Coline Delêtre
Coordinatrice du Pôle Culture — MJC 3CM

LA MÉLODIE DU PLOMBIER
Camille Domain

C'est l'histoire d'Anatole, un plombier virtuose et dynamique. Cette histoire, c'est mon histoire…

À une heure nocturne, j'étais en pleine prestation dans une maison baroque. Alors que je m'apprêtais à descendre pour intervenir sur les conduites en cuivre, vérifier le compteur et inspecter tout un tas d'autres instruments, une portée de bassets déboula sur moi. Ce qui m'arriva ensuite fut l'accident le plus extraordinaire de ma vie !

Je dégringolai l'échelle, passant du rez-de-chaussée avec son parquet ciré, au sous-sol. Je me retrouvai allongé sur le dos. La clé de douze que je portais à la taille créait une compression qui me fit pousser un cri et monter dans les aigus. Puis le silence fut. La chute n'était pas grave, les dégâts mineurs mais je me sentais diminué. Après un moment de latence, me redresser fut difficile. Au premier pas, je dansais la gigue et dus improviser, en me concentrant sur les battements de mon cœur, qui, tel un métronome, continuait à battre la mesure.

Une quinte de toux plus tard, je réussis enfin à retrouver un rythme. Mais dans ma tête, les phrases, accords et accents se mélangeaient. Ils formaient une mélodie entêtante et harmonieuse.

Alors la fugue me sembla être la meilleure échappatoire et je montai presto retrouver Octave, le propriétaire. Quand je quittai la maison, la tessiture de ma voix avait changé et était désormais plus proche de celle du ténor.

Une nouvelle partition était en train de s'écrire alors je décidai de changer de vie.

DÉGRINGOLADE
Fabienne Jomard

Hier matin, vers 7 h 30, un technicien de surface, grenouille qui voulait se faire aussi grosse que le boss, est tombé du quatorzième étage.

Pauvre mytho, quelle chute !

LE FER

Maryse Schellenberger

Bon sang, qu'est-ce que cette nana est énervante !

John n'en peut plus. Il est planté au bord du quai et ressasse les événements du matin, un matin à classer dans la catégorie des pires matins de sa vie. Il était en rendez-vous chez son dentiste quand il a senti vibrer son téléphone. Bouche grande ouverte, sous la torture de la roulette, pas question de déchiffrer un message, urgent ou non. Quand il a enfin pu lire le SMS, il n'en a d'abord pas cru ses yeux.

« Besoin du fer à repasser, rdv boutique 16 h. Thanks »

Il chercha en vain une autre signification possible et finalement se décida docilement à retourner à l'appartement. Là, nouvel obstacle, où pouvait bien se cacher ce foutu fer ?

Après avoir fait valser quelques pièces de linge sur les rayons de la salle de bains, il mit enfin la main sur l'objet du délire. Il ne s'en servait quasiment jamais mais il eut quand même le réflexe de vider la réserve d'eau : pas question de noyer le contenu de son sac à dos.

Toujours dubitatif, il jeta l'objet au fond dudit sac en se questionnant encore sur cette demande incongrue. Bien sûr qu'il adorait sa sœur mais là, elle virait dans le grand n'importe quoi. Lui aussi avait un job !

Galoper sur les trottoirs encombrés, dévaler les escaliers, sprinter le long des couloirs du métro avec un fer à repasser dans le dos, franchement, ce n'était pas sérieux. Les voyageurs qui le bousculaient n'imaginaient sûrement pas le poids qui lui cisaillait les épaules. Dans sa tête tournoyait toujours la même question

« Mais qu'est-ce qu'elle a encore bien pu inventer ? »

Et il y eut la bousculade de trop ! Un groupe de gamins chahuteurs se posta à côté de lui. Il se retourna un peu trop rapidement, le poids du fer l'entraina et ce fut la chute au milieu des rails. Il se crut fichu. Image incongrue de son cerveau, il se vit repassé, aplati par le métro comme les héros de dessin animé. Mais rien de tel ne se produisit.
Les gamins, sans paniquer, se sont organisés. Certains ont fait la chaîne pour l'aider à remonter, d'autres ont appelé les deux agents de maintenance qui se trouvaient dans la

station. Il a été tiré, poussé, hissé et s'est enfin retrouvé, presque sain et sauf, assis sur le quai quelques instants avant l'entrée en gare d'une rame. Les gamins rigolards se sont esclaffés :

« Eh M'sieur, vous avez une enclume dans votre sac ! »

Légère blessure à la tête et aux mains, mal au dos, les services de secours l'ont pris en charge jusqu'à l'hôpital, qui n'a pas tardé à le libérer.
Un tel ramdam a évidemment attiré nombre de curieux, les reporters en herbe ont sorti leur téléphone, les réseaux sociaux ont fonctionné : 20 000 vues sur Facebook, 12 000 sur Instagram. Bien sûr, il n'a rien révélé au sujet du fer à repasser, mais dans sa tête tournoyait encore la même question.

« Mais qu'est-ce qu'elle a encore bien pu inventer ? »

Le temps a filé, John n'a pas le choix, il doit réorganiser sa journée, le passage à l'hôpital l'a trop retardé. Plus de métro pour aujourd'hui, il va circuler à pied. Passage au bureau, c'est le plus près, puis voir sa sœur dans la boutique de musique qui l'emploie, se débarrasser de ce foutu fer, rentrer, s'allonger, se reposer.
Il n'avait pas imaginé sa toute nouvelle célébrité : ses collègues étaient déjà au courant de son vol plané et les commentaires allaient bon train sur son sauvetage in extremis. Il put enfin se libérer.

Sa sœur commença par l'asticoter :

« Tu es en retard comme d'hab, je ne peux vraiment pas compter sur toi ! »

Manifestement, elle n'avait rien su, ni vu de ses aventures d'Indiana Jones. Elle ne vit pas non plus ses plaies et ses bosses, absorbée qu'elle était par un violon à accorder. Carrément énervé, il sortit le fer à repasser de son sac tout en questionnant :

« Mais qu'est-ce que tu as encore bien pu inventer ? »

Elle leva enfin les yeux et s'exclama :

« Mais je voulais mon fer à boucler ! Je sors ce soir ! »

LE REPAS DOMINICAL
Camille Domain

La première goutte d'eau s'écrasa sur la table en plein repas dominical.

« Pas de panique, nous avons connu pire », déclara le patriarche.

À ce moment précis et dans un grand fracas, le plafond s'effondra.

LA SOURIS BLANCHE
Evelyne Grondier

Un grand bruit de ferraille déchira le silence d'un matin ordinaire. C'était le store métallique de la librairie de monsieur Adhémar Lebrun et, comme pour l'accompagner, l'horloge du clocher égrena les heures. Huit heures. L'animation se fit plus bruyante, piétons et voitures passaient leur chemin, indifférents au réveil de la petite rue. Après avoir jeté un coup d'œil à l'extérieur, Adhémar se retira dans sa boutique, une petite librairie où l'on pouvait tout trouver : un livre jadis interdit, un vieux J H Chase ou tout simplement le dernier Annie Ernaux.

Adhémar Lebrun était un ami d'enfance, il était revenu dans sa ville natale après une longue carrière de libraire à Paris dans le quartier de Saint-Germain-des-Prés. Ce matin-là, comme il regagnait la petite estrade pour attraper son téléphone dont la sonnerie légère mais insistante s'arrêta avant qu'il ne l'atteigne, il soupira, il avait perdu toute son énergie au cours de sa vie parisienne et il avait choisi de revenir au pays pour vivre plus sereinement, pour avoir le temps de perdre du temps, pour respirer tout simplement. Ce matin-là, malgré cette indéfinissable sensation de lassitude, il se sentait particulièrement satisfait. Oui, la boutique était prospère, bien achalandée et les clients nombreux et fidèles. Tout à coup le carillon de la porte tinta et un homme entra, il était jeune, la trentaine peut-être, le sourire engageant, Adhémar l'interrogea du regard.

— Bonjour monsieur, je vois que vous ne vous contentez pas de proposer les dernières parutions car j'ai remarqué dans votre vitrine quelques petites curiosités venues d'autres pays ou d'autres temps.
— C'est vrai jeune homme, j'ai toujours aimé les livres et lorsqu'un livre que j'ai choisi sort de la circulation ou part au rebut je suis aussi triste que si je perdais un être cher.
— Je vous comprends mais moi je cherche un livre, un seul livre.
— Je vous écoute, vous m'intriguez, je crois que ce n'est pas un livre ordinaire.
— C'est un petit recueil de nouvelles, il a été édité il y a plus de vingt ans je crois, à cette époque Internet balbutiait.
— Est-ce que vous pouvez me donner le nom de l'auteur ou son titre ?
— Son titre oui, c'était « La souris blanche ». Il y avait sans doute plusieurs noms d'auteurs car ce petit livre

contenait plusieurs histoires, mais moi je ne peux vous donner qu'un seul nom : Anne Michaud.

Adhémar essaya de saisir le stylo qui traînait sur son bureau mais le stylo glissa et roula au pied de la petite estrade. Il avait, croyait-il, réussi à effacer ce souvenir depuis longtemps et voilà. Un homme pousse la porte de sa librairie et tout bascule. Il se souvenait de la petite souris blanche que la professeure de SVT avait confiée à Anne pendant un des longs week-ends de mai et aussi d'Anne lui demandant s'il pouvait s'en occuper parce qu'elle devait s'absenter. Hélas, malgré ses soins, la petite souris était morte.

À son retour, Anne avait été dévastée, l'avait accusé de négligence et ne lui avait plus jamais adressé la parole. Adhémar avait trouvé sa douleur exagérée, il aimait bien Anne, pourquoi était-elle aussi intransigeante ? Et maintenant, voilà cette histoire de nouvelle et ce titre qui surgissaient. Le visiteur avait remarqué son trouble, il s'approcha de lui.

— Monsieur. Ça va ?

— Excusez-moi, je suis un peu surmené en ce moment mais je vous promets de m'occuper de vous. Revenez la semaine prochaine, j'aurai du nouveau.

— Merci, à bientôt, j'ai hâte de savoir.

Et il quitta la boutique et le carillon sembla saluer son départ par un tintement plus vigoureux que d'habitude.

Adhémar eut l'impression de sortir d'un mauvais rêve, pourquoi n'avait-il posé aucune question à ce visiteur mystérieux, pourquoi se remémorait-il soudain cette fin d'année scolaire de terminale où, baccalauréat en poche, tout le monde s'était dispersé pendant les vacances avant d'affronter une autre vie, studieuse pour la plupart d'entre eux. Pour lui ce fut un peu différent. Son oncle, libraire à Paris dans le quartier de Saint-Germain-des-Prés, lui avait proposé, si cela l'intéressait, de le former pour qu'il puisse prendre sa suite. Il avait accepté car à Paris il aurait la possibilité de diversifier sa formation. Le théâtre, la littérature, la vie culturelle lui seraient beaucoup plus accessibles que dans la région lyonnaise.

Il avait un souvenir assez confus de cette période. À Paris, il s'était senti un peu perdu. Le travail à la librairie avait été une découverte pour lui, il était intéressant mais très prenant, il avait dû apprendre à s'organiser pour sortir, aller au théâtre, se distraire, profiter de la vie parisienne. Il avait souvent des nouvelles des anciens du lycée. Certains étudiaient à l'étranger, d'autres n'avaient jamais quitté leur région. Il avait appris qu'Anne, qui avait toujours brillé en musique et en gymnastique, chantait et dansait maintenant, elle avait été engagée dans une troupe de comédies musicales et elle voyageait beaucoup. Elle n'avait jamais publié quoi que ce soit. Il était intrigué, mais comment savoir ? Il avait souvent feuilleté des petits recueils édités à compte d'auteur et imprimés chez l'imprimeur du coin. Il appela Jacky l'ex-imprimeur maintenant à la retraite. Ce fut une bonne idée, car la fille de Jacky, Lydie, était bibliothécaire dans la commune et quand son père l'avait appelée elle s'était souvenue de cet atelier d'écriture qu'elle avait créé et de ce petit recueil dont la nouvelle la plus réussie avait donné son titre au livre : « La souris blanche ». Elle possédait toujours un exemplaire de ce trésor. Elle le lui apporterait dans la soirée. Il avait hâte de percer ce mystère et cependant il savourait ce moment qui venait troubler la routine de ses journées à la librairie.

Juste avant la fermeture, Lydie passa, lui tendit l'objet tant désiré et s'excusa de ne pas s'attarder car elle était pressée. Adhémar ne chercha pas à la retenir car lui aussi était pressé. Ce soir-là, il rentra rapidement chez lui et une fois installé dans un fauteuil, après avoir feuilleté le petit recueil, il trouva la nouvelle qu'il cherchait, vérifia le nom de l'auteur, oui, l'auteur était bien une certaine Anne Michaud, et il commença la lecture.

Ce n'était pas du tout ce à quoi il s'attendait. Il avait imaginé l'histoire d'une pauvre souris de laboratoire victime de la cruauté d'un adolescent peu sensible. Ce n'était pas cette histoire-là, c'était une histoire d'amour, fraiche, innocente, un peu mièvre parfois, une petite histoire d'amour de jeunesse. Celle d'un garçon prénommé Adhémar et d'une jeune fille désemparée qui avait laissé s'échapper la souris de laboratoire confiée par la professeure de SVT. Elle avait demandé de l'aide à un de ses camarades de classe Adhémar dont elle était, écrivait-elle, amoureuse. Ce jour-là elle avait connu le parfait bonheur, Adhémar l'avait aidée à capturer le petit animal et l'avait déposé dans sa cage mais il avait prolongé sa visite et lui avait proposé d'aller au cinéma le lendemain pour aller voir Cyrano de Bergerac. Elle avait dit « oui ». Il n'y eut pas de lendemain pour Anne. L'accident de son frère eut lieu ce jour-là et la vie de la famille s'arrêta pendant des mois. Elle oublia Adhémar et le cinéma, elle apprit qu'il avait quitté la ville pour aller travailler à Paris et ne l'avait jamais revu.

Adhémar était ému, Anne, il se la rappelait mais jamais il n'avait couru après sa souris, jamais il ne lui avait proposé d'aller au cinéma, elle avait imaginé tout cela, elle avait transformé un souvenir. Comment une histoire aussi banale et une nouvelle aussi maladroite avait-elle pu intéresser quelqu'un ? Il réfléchit quelques instants et pensa à son visiteur du matin, lui allait lui expliquer. Comme il ne savait comment le joindre, il attendit, mais très vite ce futur client impatient réapparut et sut tout de suite que monsieur Lebrun avait réussi.

— Alors vous l'avez trouvé ?
— Oui, mais vous me devez une explication.
— Vous savez, c'est un peu compliqué. Anne l'autrice de cette petite histoire d'amour est ma mère, elle a épousé un Québécois rencontré au cours d'un déplacement de sa troupe de théâtre, oui elle chantait et dansait dans une

troupe à l'époque. Ma sœur Susana et moi nous sommes nés de cette union. Nous avons vécu au Canada une vie très agréable mais maman nous parlait souvent de la France qu'elle regrettait parfois. J'ai le souvenir des histoires qu'elle nous racontait et du petit livre qu'elle nous lisait de temps en temps et de cette histoire si triste de cet Adhémar et de cette jeune fille qui ne s'étaient jamais revus. Maintenant mes parents sont morts tous les deux dans un accident de voiture à Cuba, ils allaient y passer quinze jours tous les ans, vous savez, les plages des Caraïbes ont une attirance folle pour les Canadiens et ce n'est pas si loin. J'ai bien cherché dans les affaires de ma mère mais je n'ai pas retrouvé son petit livre. Cette année donc, ma sœur Susana et moi avons décidé de passer nos vacances en France et de retrouver l'endroit où ma mère avait grandi. Et me voilà, je ne me suis pas trompé, c'est bien ici. Dès mon arrivée, je me suis promené dans votre jolie petite ville et soudain elle m'est apparue, l'enseigne de votre magasin : Librairie Adhémar Lebrun, je l'avais retrouvé le fameux Adhémar, il existait vraiment. Monsieur Adhémar Lebrun. Je me présente, Adhémar Larivière, je sais maintenant pourquoi maman a choisi ce prénom. Il était si original, si unique, il est vrai que quand j'étais petit j'aurais préféré m'appeler Jean comme mon père. Maintenant les prénoms rares sont à la mode et j'en suis très fier.

— Moi je t'appellerai Adhémar junior et chaque fois que tu pousseras la porte de cette boutique, tu seras le bienvenu et je t'apprendrai à choisir et à aimer les livres. J'espère bien que tu n'oublieras jamais le vieil Adhémar que je suis devenu car aujourd'hui, grâce à toi, il y a comme une brise printanière qui parcourt ma boutique et ma journée est transformée. Que faites-vous ce soir, ta sœur Susana et toi ? Si vous êtes libres, je vous invite au restaurant de mon ami Pierre, lui aussi était un camarade de classe de la belle Anne.

Et c'est ainsi que moi l'ami Pierre, le vieux copain de lycée, je les accueillis ce soir-là. Adhémar était radieux et me présenta ses nouveaux amis québécois. Nous avons passé une soirée inoubliable à l'évocation de nos souvenirs à tous. Adhémar se comportait comme si nos nouveaux amis étaient ses enfants et il commençait à faire des projets de voyage au Québec…

CASCADE SUR RAIL
Maryse Schellenberger

Un voyageur s'est jeté sous le métro avec un fer à repasser. Des gamins l'ont sauvé. Froissé, il ne les a pas remerciés.

AUTO-PROMO-SUGGESTION
Fabienne Jomard

Quand on lui a proposé de travailler au siège de la société Dubois-Renard, Xavier a tout de suite accepté. Enfin il voyait son horizon s'élargir. Désormais il allait pouvoir envisager les choses sous un autre angle, faire des projets, prendre en main son avenir.

Depuis, en arrivant dans la boîte chaque matin, il savoure le plaisir de traverser l'open-space déjà vibrant de connexions mondiales. En passant, il jette de brefs coups d'œil sur les nuques raides des collaborateurs. Ceux-ci semblent ne faire aucun cas de son passage, mais lui les devine un court instant déconcentrés, suivant son sillage de regards probablement furtifs. Ensuite, il emprunte la coursive qui surplombe un puits de lumière habillé de verdure tropicale. Tout au fond, tapies sous les feuillages, des panthères en résine noire et luisante rugissent silencieusement, des oiseaux immobiles, harmonieusement disposés dans les branchages, apportent leur touche colorée.

Xavier sourit, les architectes d'intérieur ont vraiment bien bossé…

En remontant cette passerelle aérienne, il peut voir sa propre silhouette se refléter dans les portes en acier brossé et ne manque pas de glisser un œil par les hublots. Tout le monde est déjà à son poste. Enfin, il pousse la lourde porte capitonnée et fait son entrée dans le nid d'aigle. C'est ainsi qu'on appelle le bureau du big boss, il l'a appris à son arrivée dans la boîte. L'endroit est presque entièrement vitré, le sol, habillé de parquet façon Versailles, est si brillant qu'on y glisse plus qu'on y marche. Seul un bureau en teck véritable accroche le regard qui glisse, lui aussi, vers l'immense baie en verre sans châssis. Xavier s'approche, aimanté par le vide qui s'ouvre à ses pieds. Tout en bas, la ville s'étale, rampante, déjà grouillante. Des êtres animés s'agitent, fourmillent, envahissent les trottoirs. On aperçoit des petites troupes de jeunes gens qui avancent, courbés sous le poids de leur sac à dos informe. Des lycéens sans doute. Toute une flotte d'engins roulants encombre les rues, voitures colorées certainement bruyantes, poussettes et landaus charriant d'invisibles enfants, kyrielles de bus chargeant et déchargeant un peuple soumis et laborieux.

Comme chaque matin, avant d'attaquer sa journée, Xavier prend un moment pour contempler ce spectacle à la fois immuable et renouvelé. Comme chaque matin, il est tiré de sa rêverie par l'arrivée de Josie qui pousse la porte du nid d'aigle, une feuille de papier à la main et le salue familièrement. Ce matin-là elle annonce : « Tiens Xavier, voilà le planning de la semaine, c'est toi qui feras l'étage de la direction. Il faut que tu remplaces Josepha, elle est malade. Attention, sac spécial pour la corbeille à papier et surtout, pas de remue-ménage sur le bureau du big boss ! Pour les heures sup, on verra plus tard ! Bonne journée ! »

LE PRINCE
Camille Domain

Cheveux au vent, lunettes de soleil sur le nez, le prince Jonathan Azazel était au volant de sa Jeep noire décapotable. Il filait à une allure démente, perçant la forêt. Le chemin fait de pierres, de trous profonds et d'herbes folles était tout juste carrossable. Mais peu lui importaient les remous qui le secouaient et les branches qui fouettaient son véhicule, il franchissait tous les obstacles sans ralentir et sans une hésitation. Il savourait cet instant fugace de liberté.

Son sourire étincelait à la pensée de l'effroi que susciterait la découverte de sa fuite : la cérémonie manquée, l'absence de sa Jeep… Il imaginait le chef de la sécurité aboyant ses ordres depuis sa tour, les gardiens paniqués se déplaçant de manière désordonnée, cherchant une piste à remonter… et son père tiraillé entre sa fureur intérieure et son calme olympien affiché face aux invités de marque. C'était son moment du jour, sa petite rébellion.

Car depuis tout petit, mépriser les codes établis était son passe-temps favori !

Le plateau de jeu lui avait été imposé. Son père occupait le trône depuis plusieurs décennies. Restaient à attribuer les rôles du Chevalier et du Fou. N'ayant pas trouvé de dragon à pourchasser ou de belle Dame à sauver, il ne lui restait que le rôle du trublion, du prince un peu loufoque, immature et colérique. Et on peut dire qu'il excellait dans ce rôle, il aurait mérité un Oscar. Car ce masque cachait l'ennui mortel de sa vie.

Il avait été élevé, ou plutôt dressé, pour prendre la succession et être couronné, le jour venu. Tout avait été méticuleusement prévu, et ce, bien avant sa conception : de son prénom, hommage à un illustre ancêtre, à son éducation et ses fréquentations. Même sa future Reine avait été sélectionnée parmi de jeunes aristocrates au pedigree impressionnant… Dans ce carcan de contraintes, il avait tenté de se faire une place, d'exprimer sa personnalité, ses talents. Malheureusement, les médias et, par répercussion, les habitants du Royaume ne retenaient que ses faux pas, ses moments de liberté volés qualifiés « d'égarements » ou ses « frasques » montées de toutes pièces et toujours plus sensationnelles. Rejeté par l'assemblée et par les siens, il s'était calqué par dépit à ce personnage incontrôlable et inconscient, créé pour lui. À ces pensées, son sourire perdit son éclat. Il n'avait plus la force de porter ce masque, alourdi par le poids des ans !

Il roulait toujours à vive allure et s'approchait dangereusement de la muraille de falaises basaltiques qui marquaient la fin de son territoire. Elles contrastaient avec l'océan d'un bleu translucide, visible à perte de vue. D'où il était, il distinguait sur l'eau des centaines de voiles blanches, petites et grandes, voguant au gré des vents, s'aventurant toujours plus loin, à la découverte des îlots de l'archipel, d'une baie ou d'une calanque protégée des regards. Plus haut, les escadrilles de goélands tenaient le ciel à la recherche d'une proie ou d'une assiette parfaite. Ils effectuaient des piqués vertigineux au mépris de toutes les règles de la physique, s'enfonçaient dans les flots salés puis surgissaient brusquement, tel Poséidon armé de son trident et dominant son royaume.

La frontière naturelle n'était plus qu'à quelques centaines de mètres. Le vent portait désormais les embruns salés et soufrés jusqu'à son nez, ce parfum d'ailleurs, ce relent de liberté interdite. Une idée kamikaze se forma dans son esprit et après quelques secondes de réflexion, il se dit : « Et pourquoi pas ? »

Le Prince flottait dans l'eau. Son visage était brûlé après des heures passées sous un soleil de plomb. Il avait un goût amer en bouche. Il était incapable de bouger, il sentait chacun de ses muscles endoloris se mouvoir au gré des ondes. Il visualisa pour la énième fois la voiture s'élançant dans les airs, flottant comme suspendue au-dessus de la falaise avant d'être rappelée par la gravité et de terminer sa course folle dans les vagues qui caressaient les pieds basaltiques de l'île. Mais ce qui l'avait le plus marqué, c'était le bruit de la dislocation, les craquements brutaux, cruels et irréversibles de sa Jeep en contrebas, réduite à jamais à des pièces d'un puzzle insoluble, noyée dans les flots. Lui avait dérivé et désormais les recherches ne donneraient rien.

Jonathan y avait pensé plusieurs fois, à cette fin, à la marque de son refus ultime de cette prison, de cette vie sans libre arbitre, sans choix libre et éclairé. Il y avait pensé sans jamais oser aller au bout. Peu importe que ce soit pour quelques secondes, minutes, jours ou années, il n'appartiendrait plus qu'à lui-même. À cette pensée vertigineuse, il eut un pincement au cœur, une larme de peur, de se suffire à lui-même, de ne voir ses choix, ses réussites, sa fierté et ses échecs que par ses yeux et non par ceux des autres. Il ne croyait pas en Dieu, pas de but ultime, de jugement final qui acterait ses bonnes et mauvaises actions. Il était désormais seul responsable de son destin. À cette conclusion, il esquissa un dernier sourire.

C'était terminé, il avait gagné.

ENCORE RATÉ

Fabienne Jomard

Un couple tente de se débarrasser de ses enfants en pleine forêt. Heureusement, le petit dernier a sauvé tout le monde.

Quelle poisse ! dira le père, interrogé par la police.

LIBÉRÉE ?
Maryse Schellenberger

Ouf ! enfin libre !

J'ai l'impression d'être restée enfermée depuis des siècles tout en haut de ce meuble ancien qui ne contient rien d'autre que de la poussière…

Patience, patience… les journées, les saisons ont dû se succéder et il y a bien longtemps que j'en ai perdu le compte.

Et là, j'entends des voix, puis plus rien. Puis à nouveau des voix et de grands fracas.

Du coup, ça m'a complètement réveillée et je me suis mise à guetter le moindre bruit.

Du temps et encore du temps qui passe si lentement…

Bling, blang, hiii… une clé tourne et une porte s'ouvre. Me voilà en présence de deux grands gaillards vêtus d'une drôle de façon.

La dernière fois que j'ai croisé des humains, les messieurs portaient de belles redingotes, des culottes et des bottes souples. Les dames étaient parées de magnifiques robes aux soieries chatoyantes et arboraient des bijoux étincelants. Le roi et la reine trônaient, de grands manteaux en zibeline sur les épaules, les fronts ceints de royales couronnes.

Ces deux-là sont vêtus d'un grossier tissu bleu, pas de chausses ni de haut-de-chausses, mais une espèce de sac qui les emballe de la tête aux pieds. Leurs pieds justement disparaissent dans d'énormes sabots fermés par de grossières ficelles et leurs mains sont cachées dans des gants de toile épaisse.

Je ne comprends absolument rien à ce qu'ils racontent. « Tu vois, Paulo, je te l'avais dit que débarrasser les meubles de ce château avant la vente serait pour nous une bonne affaire »

« Marco, t'es qu'un con ! On se retrouve avec un boulot de dingue et pas un rond à en tirer ! »

J'ai vu défiler des ambassadeurs de nombreux pays, des princes pas toujours charmants, des représentants de contrées lointaines mais ce galimatias ne signifie absolument rien pour moi. En quelle langue s'expriment donc ces deux individus ? Seraient-ce des malandrins venus dévaliser notre bon seigneur ? Et où diable est la garde ?

Que diantre, j'ai été punie et jetée en haut de ce meuble, mais où sont donc passés le roi, la reine, les petites princesses, les serviteurs ?

Aurais-je été condamnée à une peine supplémentaire sans autre forme de procès ?

Ces deux gnomes font-ils partie de ma punition ?

Oooh ! Un tremblement de terre ! Me voilà en train de glisser lentement jusqu'au bord d'un précipice.

Une main sale et calleuse me ramasse et m'agite dans tous les sens.

« Ptain, Paulo, vise un peu ça ! l'affaire du siècle ! »

« Stop ! J'en peux plus de tes blagues à deux balles ! Jette ce vieux bout de bois et bouge-toi des deux mains pour trimballer cette millionième armoire. »

« Abracadabra ! Marre d'entendre Paulo qui râle ! Je veux qu'il disparaisse ! »

Je trouve que j'ai bien été assez punie, alors je m'applique, je fais tout bien comme il faut… et Paulo disparaît…

UNE DISPARITION ÉLUCIDÉE
Camille Domain

Le Prince Jonathan, propriétaire de la Jeep noire retrouvée disloquée au pied de la falaise il y a dix ans, a refait surface. Il a assisté aux commémorations de l'abolition de la monarchie.

BARBE À PAPA BLUES
Fabienne Jomard

Hugo s'est perdu. Il y a un tel monde à la fête ! Des torrents humains défilent dans les allées, envahissant tous les espaces tel un fluide rampant. Des haut-parleurs emplissent l'air chaud de flots de musique enjôleuse, des marchands de gaufres ruisselants de sueur interpellent bruyamment les badauds. Dans la touffeur estivale, les stands de glace, assiégés, apparaissent comme des îlots de fraîcheur. Noyé dans la cohue, Hugo croit suivre sa mère. Ça paraît simple pourtant, elle porte une jupe tellement incroyable ! Un grand jupon rose en tulle exubérant. Avec ça, les sandales dorées à hauts talons qu'elle aime tant. À la hauteur d'Hugo, sa mère se réduit à ça : une grande masse rose et des chaussures brillantes. Seulement voilà, aussi originale qu'elle soit, il faut croire que sa tenue n'est pas unique. En cet après-midi d'été, quelqu'un d'autre a choisi de s'habiller comme sa mère. Et c'est pourquoi il s'est perdu. D'abord interloqué, il a eu un petit peu envie de pleurer. Mais, la curiosité aidant, il a vite été attiré par les stands colorés de la fête foraine. Une irrésistible odeur de sucre cuit l'a aimanté vers le marchand de barbe à papa, et c'est là qu'il l'a vu : un drôle de bonhomme, assis par terre devant le stand. Hugo est déjà allé au cirque, il a déjà vu des clowns et ce bonhomme-là, il en est sûr, c'est un clown. Son maquillage a un peu coulé, on dirait qu'il pleure. La fleur accrochée à son chapeau est toute penchée. Il est assis comme ça, par terre, jambes allongées, faisant trébucher les passants, les forçant à l'enjamber en protestant. Il a l'air triste, il tient quelque chose dans sa main. C'est un pistolet. Hugo se rapproche :

— Tu me le prêtes ?

Le clown a l'air surpris, il sursaute. Jusqu'alors il ne voyait que des jambes, des chaussures et des chiens en laisse et voilà qu'il a un visage en face du sien. Un visage d'enfant, un peu grave et qui a visiblement pleuré mais qui lui sourit, comme pour l'amadouer.

— S'il te plaît, ajoute Hugo.

Sa maman et la maîtresse disent qu'il faut toujours demander en ajoutant « S'il te plaît ». Parfois ça marche, parfois pas.

— C'est pas un truc pour toi ça, gamin, va jouer plus loin.

— Mais, ma maman, elle veut jamais que je joue à la guerre. Elle dit que c'est pas bien et la maîtresse aussi.

Le clown ne l'écoute déjà plus, il s'est levé et sa longue silhouette dégingandée s'éloigne en claudiquant, happée par la foule joyeuse qui déambule parmi les stands. Il va bientôt disparaître.

Hugo se sent brutalement bien seul. Subitement, il réalise qu'il n'a plus vu sa mère depuis un long moment. Alors il court rejoindre la silhouette bancale et s'accroche à sa manche comme à une planche de salut. Engloutis par la foule vorace, les voilà bientôt avalés.

Quand sa mère, folle d'inquiétude, le retrouve enfin, Hugo est planté devant le stand de tir. Il serre un gros pistolet dans sa petite main. Concentré, les yeux plissés, il vise les ballons colorés qui défilent, presse la détente et mime avec jubilation les bruits d'explosion. Il semble rayonner de bonheur.

Sa mère, submergée par la joie et la colère mêlées, se jette sur lui et se met à le dévorer de baisers tout en le réprimandant sur un ton aigu. Des passants ralentissent et se retournent sur la scène.

— Tu vois, tu comprends pourquoi je te demande de ne pas me lâcher la main, s'entendent dire les gosses des autres.

Un drame dans un océan de bonne humeur.

Hugo s'abandonne à la fougue maternelle. Son petit cœur bat à tout rompre. Il est soulagé d'avoir retrouvé son havre de sécurité mais, une fois les explications données — la dame à la jupe rose, les sandales dorées, le clown — il refuse de suivre sa mère et surtout de lâcher le pistolet.

« Allons, Hugo, rends le pistolet au monsieur, il n'est pas à toi ! »

— Non ! Mais il est au clown !

Sa mère le lui prend des mains et comprend immédiatement qu'il ne s'agit pas d'une arme factice. Elle le contemple d'un air horrifié puis le fourre prestement dans son sac à main. Hugo est vaguement inquiet, il sent qu'il a touché à un objet interdit, un engin réservé aux adultes, comme ceux qu'il a pu voir sur certaines images, une chose terrifiante qui peut provoquer l'irréparable.

— Allez, viens, on rentre ! dit-elle en l'arrachant au stand de tir.

Mais il ne veut pas suivre sa mère. Il doit retrouver le clown.

Subitement, il l'aperçoit et il essaie de tracter sa mère de toutes ses pauvres forces. L'énergie, et surtout la détresse qu'elle peut lire dans ses yeux la font fléchir et elle se laisse faire. Tous deux se retrouvent à fendre la foule, bizarre attelage que cette jeune femme vacillant sur ses talons, halée par ce garçonnet d'à peine quatre ans.

Ils talonnent le clown, ils courent à quelques mètres derrière lui, ils sont près de le rattraper quand la foule bruyante à nouveau l'engloutit. Seule la fleur de son chapeau surnage, s'agitant au gré du courant. Quand ils pensent l'avoir enfin rejoint, il est déjà trop tard, il vient d'acheter un ticket pour monter sur la grande roue. Ils se précipitent au guichet mais le forain les refoule. Plus de place. Hugo est désespéré, que va devenir son nouvel ami ? Une catastrophe se prépare... Il le pressent. Sa mère ne pressent rien mais elle toujours bouleversée. Son fils... ce clown qui a fait irruption dans leur vie... Qui est-il ? Que comptait-il faire de ce pistolet ?

La roue géante s'ébranle, soustrayant au flux d'insectes humains quelques-uns de leurs congénères, ravis d'échapper ainsi à la pression de la foule.

Hugo peut encore voir son ami, même s'il est maintenant parvenu au sommet de l'orbite décrite par la roue gigantesque. Sa silhouette maigre s'est dépliée, elle se détache en ombre chinoise sur la toile bleue du ciel. Le clown se dresse à présent comme s'il voulait toucher les nuages. Sa mère l'a vu aussi et elle comprend. Tous deux se mettent à hurler à s'en déchirer la gorge. Tout s'arrête brutalement. La foule, la roue, le bruit, tout est suspendu, on n'entend plus que le faible grincement des nacelles accrochées dans le vide. Et dans ce silence fragile et extraordinaire, le clown se penche au-dessus du vide. Il lui est impossible de reconnaître Hugo à cause de la distance mais il peut entendre sa voix, mêlée à celle de sa mère qui l'appelle dans une longue plainte inlassablement répétée : Clown ! Clown ! Clown ! Et voilà que le corps de la foule se resserre autour d'eux, les gens semblent avoir repéré eux aussi le clown qui se tient debout au sommet de la roue et bientôt, toute la foule s'époumone en un chœur dont la voix enfle et scande à son tour : Clown ! Clown ! Comme si elle n'avait qu'une seule bouche, qu'un seul souffle. Alors sans qu'on ait vraiment perçu un mouvement, tout à coup on se rend compte que le clown s'est rassis. La tension retombe et la lourde machinerie se remet en branle.

Ce qui s'est passé après est resté flou dans la mémoire d'Hugo. Dix ans après cette rencontre, il interroge encore sa mère : a-t-il couru vers le clown ? Sa mère a-t-elle voulu l'en empêcher ? Il lui semble le revoir, pris en charge par les secours, défait, la bouche ouverte et le regard tourmenté. Le clown a-t-il tenté de l'appeler ? A-t-il crié son prénom ? Mais sa mère reste évasive, elle sait que, ce jour-là, son fils a grandi brutalement, il est passé dans une autre dimension. Une dimension d'adulte dans laquelle les clowns peuvent être tristes et faire pleurer les petits enfants.

DRAME SUR LE GAZON
Maryse Schellenberger

Sujet aux allergies, M. François, jardinier, a décidé de tondre sans respirer. Il est mort asphyxié. Les secours ne sont pas parvenus à le réanimer.

SI TU SAVAIS, ELVIS...
Evelyne Grondier

Il faisait assez chaud ce jour-là et j'étais invitée chez mes voisins de vacances, les Simpson, qui avaient loué une maison avec une piscine tout près de chez nous, et leur fille Amanda m'avait proposé de passer l'après-midi avec elle et ses amis. J'avais accepté. J'allais m'amuser, rencontrer des jeunes de mon âge, j'étais ravie.

Lorsque je suis arrivée, j'ai vu qu'il y avait pas mal de gens, dans l'eau et au bord de l'eau et j'en apercevais certains qui s'étaient réfugiés à l'ombre, à l'intérieur. On entendait de la musique, c'était Elvis. À cette époque, il était la vedette incontestée de toutes les « boums ». Filles et garçons étaient subjugués par sa voix charmeuse, par ses poses langoureuses. Tout cela était nouveau, jamais personne n'avait osé afficher autant de sensualité dans une simple interprétation de chanson. Les ligues de vertu américaines voulaient le censurer.

Je suis entrée dans la maison et je l'ai tout de suite repéré. Je ne l'avais jamais vu mais il me plaisait déjà. J'essayai de lui parler, il me répondit à peine, comme perdu dans un rêve. Un ou deux couples s'étaient formés et commençaient à danser ou plutôt à se trémousser dans le salon. Soudain quelqu'un changea le disque et une atmosphère romantique envahit la pièce avec « Love me tender ». Moi aussi j'avais envie de danser, j'ai regardé mon voisin, il avait disparu ou plutôt il se trouvait maintenant sur la « piste », serrant tendrement une belle blonde assez vulgaire et n'avait d'yeux que pour elle. J'en ai presque pleuré, je ne pouvais plus respirer et j'ai attendu que tout cela finisse. Ce n'était pas bien grave, un chagrin d'adolescente, mais depuis je n'aime plus Elvis et encore moins « Love me tender ».

— Et aujourd'hui, ton chagrin d'amour d'adolescente, tu l'as oublié ?
— Eh bien, pas tout à fait.
— Ne me dis pas que tu penses toujours à ce bel adolescent qui t'avait à peine regardée.
— Non je n'y pense pas du tout, je l'avais complètement oublié, zappé comme on dit maintenant, seulement….
— Seulement quoi ?
— Eh bien, il y a quelques années j'ai retrouvé une de mes bonnes amies que je n'avais pas vue depuis longtemps et qui, pour célébrer nos retrouvailles, nous a invités mon dernier mari et moi à son mariage. Elle et son compagnon de longue date voulaient régulariser

leur situation et avaient projeté de réunir leurs amis à cette occasion. Nous avons tout de suite accepté.

Le jour dit, nous sommes arrivés avant la cérémonie et Debbie, mon amie, toute souriante, dans une robe très voyante nous a présenté son futur et…

— Et quoi ?

— C'était lui, le garçon de la piscine ! Et soudain la musique a retenti dans ma tête. Musique intérieure, envahissante, sans orchestre, sans chanteur. J'ai été transportée dans cet après-midi d'été avec « Love me tender ».

Tu vois je n'ai pas changé, je suis toujours aussi fleur bleue !

MALLE ALORS !
Maryse Schellenberger

Neuf heures d'un matin à la fraîcheur bienvenue. Je papote avec mon voisin lorsqu'une camionnette de livraison stoppe devant son portail.

« M. Lanternois ? » interpelle le chauffeur.

Mon voisin s'avance et confirme : « C'est bien moi ».
« Un colis pour vous. »

Et ni une, ni deux, il met en marche son hayon arrière, débarque un énorme colis sur le trottoir, scanne l'étiquette, et nous plante là.

« C'est ma malle ! s'exclame Joël, celle que je me suis offert sur Folenchères, aide-moi à la porter ! »

Elle est tellement lourde qu'on la traîne jusqu'au garage pour la déballer.

Une courte bataille entre les ciseaux, les liens ultraserrés, les kilomètres de plastique d'emballage et l'objet de sa convoitise se dévoile sous mes yeux ahuris.

« Mais qu'est-ce que tu veux faire avec ce vieux truc ? »

Je tourne autour avec curiosité. En vérité, je suis un peu jaloux, on dirait une malle au trésor. Elle me rappelle Ali Baba et les 40 voleurs avec les pièces en or et vermeil qui dégoulinaient des malles et des jarres au fond de la caverne. Et aussi ces innombrables films de pirates que j'ai consommés sans modération pendant toute mon adolescence, en rêvant de galions chargés d'or et de cartes au trésor.

Je me moque un peu : « Ça ne va pas être facile de la mettre dans la soute à bagages quand tu partiras en voyage. »

Thomas arrive à ce moment-là encore tout ensommeillé :
« Ah ! la merveille est arrivée ! Franchement papa, je me demande bien ce que tu veux faire de ce vieux truc. Ceci dit, j'ai un pote, son père en a fait son bar. Bouteilles et verres sont bien à l'abri : il la verrouille. »
Il part en courant dans un grand éclat de rire.

Joël ne se laisse pas démonter.

Comme pour un défilé, sa fille pointe le bout de son nez.
« Papa, c'est trop top ! Une belle malle pour ranger tous mes déguisements de princesse. Tu voudras bien la mettre dans ma chambre ? »

Joël sourit sans répondre, plongé dans sa contemplation.

Trois pas derrière sa fille arrive Flavie Lanternois.

Elle lève les yeux au ciel et soupire :
« Ah, la fameuse malle est enfin là ! Alors qu'est-ce que tu prévois d'en faire ? Tu vas y ranger tous tes secrets inavouables ? »

« Je ne sais pas encore, faut que je réfléchisse. »

Elle s'éloigne en haussant les épaules et secoue ses clés de voiture pour faire bouger sa fille.

Je compatis à son agacement… je suis sûr que comme moi, elle a au fond du cœur une petite pointe d'envie.

Après la famille et en l'espace d'un quart d'heure, j'ai l'impression que tous nos voisins se sont donné rendez-vous autour de la malle. Chacun y va de son commentaire. Petits ou grands, tout le monde a son mot à dire : pour certains un souvenir à raconter sur une malle croisée un jour, pour d'autres une idée de l'usage qu'ils feraient de celle-ci.

La malle, impossible, baigne dans son jus au milieu de cette foule d'adorateurs.

Elle est sale, vieille, poussiéreuse, dégage une faible odeur de renfermé et de moisi, et fait pourtant l'objet de toutes les convoitises.

Une voix s'élève : « Y'a un truc écrit ! »

Le truc, en réalité, ce sont les initiales LJ.

Mon cerveau se branche : L comme Lanternois, J comme Joël ?

Vraie histoire ou heureux hasard ?

Joël laisse flâner son regard sur la malle.

« J'ai l'impression qu'elle est remplie de souvenirs présents et à venir… vous êtes sûrs que je dois l'ouvrir ? »

REGRET
Fabienne Jomard

Un ex-mari jaloux tue ex-femme et enfants mais rate son suicide.

Encore un maladroit…

Dommage !

LE PARC
Camille Domain

Le parc du manoir de mon enfance est tel que dans mes souvenirs, avec sa pelouse d'un vert intense coupée ras, cerné d'une forêt dense et bercé par les chants des oiseaux. En cette saison, les feuilles des arbres rougies tourbillonnent dans le ciel puis tombent en cascades désordonnées et aériennes. Il y a longtemps que je ne suis pas venu. Mes pas me portent au gré de leurs envies jusqu'à ce coin reculé du jardin où, petit, je passais des heures.

Je devais avoir dix ou peut-être onze ans. Comme à mon habitude, je jouais dans le parc. Cet immense terrain de jeu était le théâtre de toutes mes aventures : tantôt piste de décollage pour mon cerf-volant, terrain de foot accueillant une finale de coupe du monde, ou encore clairière, lieu d'un combat épique entre un chevalier et un dragon…

J'étais le seul enfant de la maison, entouré d'adultes peu préoccupés par mon sort. Mon père était happé par l'entreprise familiale, ma mère avait fui depuis longtemps et les domestiques se souciaient de moi uniquement pour s'assurer que je restais en vie et présentable à l'heure du dîner.

Ce jour-là, j'arpentais le jardin en manque d'inspiration, à la recherche d'une idée divertissante qui me porterait loin de mon enclave. Je fermais les yeux ; le vent caressait mes joues chauffées par le soleil et portait des odeurs boisées.

La tranquillité de ce moment fut tout d'un coup rompue par des bruits provenant de la forêt. Il m'était formellement interdit de franchir cette frontière. Mais ce jour-là, la tentation fut trop forte. Je rassemblai mes forces et, en quelques enjambées, je me retrouvai au-delà de mon univers. Les ronces et les épines qui bordaient le bois accrochaient mon short et lacéraient profondément mes jambes nues. Mon excitation grandissant, je poursuivis mon échappée jusqu'à une plage de fins galets bordant la rivière. Je ne résistai pas à la tentation de glisser mes pieds dans l'eau fraiche. J'observai les délicates ondes à la surface, accompagnées par le clapotis de l'eau sur mes mollets. J'aperçus alors un jeune garçon débraillé, aux cheveux hirsutes et au regard d'un noir intense. Je le scrutai intensément, silencieusement ; cet instant me sembla durer une éternité. Un paquet de cigarettes accompagné d'un briquet était abandonné sur la rive. J'en saisis une puis l'allumai. Mes gestes étaient peu sûrs. Je portai l'objet du délit à ma bouche, inhalant la fumée. Je fus immédiatement envahi par le goût chaud, puissant et intense du tabac.

En rentrant le soir, mon père flaira immédiatement l'odeur qui avait imprégné mes vêtements. Il entra dans une colère noire et devint rouge mais moi, avec obstination et muni d'un courage nouveau, j'ai nié. La punition fut terrible mais pas à la hauteur de la joie que m'avait procuré cette parenthèse d'insouciance.

Je n'ai plus jamais fumé de cigarette. Depuis, je fume la pipe, comme à cet instant, en observant, dans le miroir d'eau de la rivière, le regard d'un noir toujours si intense de ce petit garçon devenu grand.

ABRACADABRANTESQUE
Maryse Schellenberger

La baguette magique a encore frappé. Paulo, déménageur patenté, s'est évaporé. La police continue d'enquêter.

AU CHAT SANS COLLIER
Fabienne Jomard

Je m'appelle Cat's. C'est le nom que m'ont donné mes hôtes. Rien à voir avec le mot chat en anglais, c'est l'abréviation de catastrophe. Ils disent que ça me va comme un gant. Pourquoi un gant ? Je ne sais pas, mais pour les catastrophes, je veux bien assumer. J'ai commencé avec de pauvres bibelots, des souvenirs comme ils disent. Mais pourquoi les poser sur mon étagère préférée ? J'ai été obligé de les réduire en miettes ! Dommage qu'ils fassent autant de bruit en se brisant... Après il y a eu ces drôles de ballons tout lisses que j'ai crevés à coup de griffes... mais elles sont agaçantes aussi, ces baudruches qui bougent dès que je les frôle ! Et puis de temps en temps, j'avoue, je m'accorde un délicieux charivari parmi les coussins bien mous et les rideaux du salon... HMMM..., le salon..., cette aire de jeu qu'on dirait conçue spécialement pour moi. D'ailleurs, franchement... Pourquoi encombrer ma maison de tous ces objets ? Soit ils sont utiles et je peux quand même en faire ce que je veux, soit ils sont inutiles, et alors, mieux vaut les détruire tout de suite... Facile à comprendre pourtant... Mais à chaque fois, mes hôtes se sont fâchés, ils ont levé leurs bras vers le ciel. Ils m'ont prévenu, chassé à grands cris, menacé de tous les châtiments... Quelle incompréhension ! Malgré tout je les aime un peu mes hôtes. Surtout elle. Elle me choie, me cajole quand j'en ai envie et me laisse dormir sur sa robe de chambre ou m'allonger sur ses papiers. Avec elle, je gagne toujours au jeu mais je veux bien qu'elle se prenne pour ma maîtresse. Lui, il est moins permissif, il n'a pas sa délicatesse et quand on joue, parfois c'est lui qui gagne... De toute façon je le vois moins, seulement le soir quand je m'apprête à sortir. J'aime seulement son pantalon de grosse toile rugueuse. Je peux grimper facilement jusqu'en haut de sa jambe quand il me le permet... Mais je reste méfiant... Récemment, je me suis laissé attraper par lui et il m'a attaché un truc autour du cou. Un collier GPS, il a dit. Ça ne m'étonne pas, il veut tout contrôler. Il trouve que je fais trop de fugues. La dernière que j'ai faite, c'était malgré moi pourtant, eh bien c'est celle qui a tout déclenché. Il avait préparé la voiture pour partir en voyage. Le coffre était ouvert, j'en ai profité pour me faire les griffes sur le tapis de sol (je l'adore, ce tapis). Brusquement, sans prévenir, le hayon s'est refermé, quelque chose a commencé à ronronner et tout s'est mis à bouger. Rien d'autre à faire que de se rouler en boule et de s'endormir. Après, plus rien n'a jamais été comme avant.

Etienne

Ce matin-là, Etienne a chargé le coffre, il est monté à bord de sa berline, il a démarré et il est parti. Une énième fois, il a passé en revue dans sa tête tous les points de vérification : la cafetière était bien éteinte, le gaz était coupé, la porte et le portail verrouillés et il avait bien branché l'alarme. Le chat étant resté introuvable, il n'avait pas pu le nourrir. Cette sale bête était encore en vadrouille mais peu importe, il n'était pas dans la maison, il en était sûr, il avait vérifié sa position sur son Smartphone. Bien pratique ce collier traceur équipé d'une caméra. Un gadget un peu cher mais tellement fun ! Il avait bien fait de comparer les modèles sur Internet.

 La route était belle, le temps clair, le navigateur lui indiquait qu'il serait à Valence dans deux heures. Un air de jazz léger flottait dans l'habitacle. Il sourit intérieurement en pensant à la semaine qui l'attendait. Une parenthèse enchantée s'ouvrait pour Marine et lui. Cinq jours rien que pour eux deux. Il l'avait rencontrée au salon annuel des ébénistes et depuis, il se consumait en secret à la braise de sa nouvelle passion.

Il avait fallu servir un prétexte à Laura mais elle avait trouvé tout naturel qu'il doive partir en stage une semaine dans le Jura.

À présent, le cœur vidé de tout remords, Etienne roulait vers le bonheur. Il avait presque envie de chanter.

En arrivant à Valence, Etienne fit une découverte qui l'accabla : il avait embarqué le chat dans la voiture. Quand il souleva le hayon du coffre, cette sale bête le regarda de ses yeux jaunes et se mit à miauler d'une drôle de voix rauque. Il avait toujours trouvé un air maléfique à ce chat et ça se confirmait dramatiquement. Les poils de son cou étaient hérissés et formaient comme une brosse noire autour de ce fichu collier traceur... Affolé à l'idée que

Laura puisse s'apercevoir de son absence, il ne fit ni une ni deux, il appela son vieux copain Stéphane, complice historique de ses infidélités chroniques. Celui-ci n'hésita pas à lui rendre service : il allait se charger de récupérer le chat qu'Etienne allait lui expédier par taxi et il le ramènerait chez eux aussi vite que possible.

Laura
Quand elle est rentrée à la maison, Etienne était déjà parti. Il devait l'appeler le soir même du Jura. Elle n'aimait pas qu'il s'absente ainsi… Mais elle le connaissait par cœur, elle savait que le travail du bois était sa deuxième passion, après elle-même bien sûr. Ce stage d'ébénisterie d'art était très important pour lui, il aimait tellement son métier !

Cat's manquait à l'appel, comme souvent. Sa pâtée était restée intacte, il avait dû partir vagabonder Dieu sait où mais il ne tarderait pas à rentrer, tenaillé par la faim. Il ne répondit pas à ses appels, ce qui était on ne peut plus normal… Cat's était un habitué des fugues. Cela pouvait être une simple escapade d'une journée chez les voisins comme une aventure de plusieurs jours. C'est pourquoi Etienne l'avait équipé d'un collier traceur avec caméra. Un vrai petit bijou de technologie, avait-il dit, qui permettait de suivre sur un téléphone l'animal dans ses déplacements et même de voir son environnement grâce à la caméra. Etienne lui avait installé l'application sur son téléphone mais Laura ne l'avait jamais utilisée, trouvant qu'un chat avait bien le droit de vivre un petit bout de vie sauvage sans que les humains s'en mêlent. Elle se demanda depuis quand cette manie de tout savoir sur tout était entrée dans les mœurs. Pour sa part, elle avait toujours préféré le mystère à la transparence à tout prix.

Un peu plus tard dans la soirée, alors qu'elle vaquait à ses occupations, le silence et le calme lui semblèrent soudain pesants. Etienne n'avait pas appelé. Juste un petit message : « Bien arrivé, je t'appelle demain ». Sans doute avait-il été pris par le temps... Elle n'était pas habituée à rester seule dans cette grande maison, alors elle se décida à consulter cette application de traçage sur son smartphone pour savoir où se trouvait le chat.

Je suis resté un temps infini enfermé dans la voiture de mon hôte. J'ai même dû faire mes besoins sur mon tapis de sol et puis après, j'ai été secoué dans une voiture à l'odeur inconnue et je me suis retrouvé chez moi, je ne sais pas comment. Ma maîtresse était là, elle m'a serré contre elle en gémissant. Je me suis laissé faire, mais pas trop longtemps, j'avais très faim.

Le lendemain on est partis, elle et moi, alors que je venais de marquer mes endroits stratégiques dans le jardin.

Aujourd'hui, j'occupe un autre territoire. Ma maîtresse m'a emmenée ailleurs, dans une maison qui a une odeur différente. Je n'ai plus jamais revu mon hôte au pantalon rugueux. La maison est une pension féline mais moi, je peux entrer et sortir quand je veux. La pension s'appelle : Au chat sans collier.

FÉLIN FÉLON ?
Fabienne Jomard

Un mari volage, démasqué par son propre chat.

Le chat, interrogé, dément formellement toute implication :

Briser ses bibelots, oui ! Briser sa misérable petite vie, non !

PLACARMOIRE
Maryse Schellenberger

Le placard de cette chambre est vraiment dans un triste état. Il en a connu des aventures. Pendant des années il a été ciré, astiqué, d'autres années, un peu moins ciré, un peu moins astiqué… Là, d'un coup, il est abandonné.
Il aimerait bien se plaindre, trouver une oreille compatissante pour l'écouter, avoir quelqu'un à qui parler. Il saurait en raconter des histoires. Des feuilles et des feuilles de bavardage pourraient jaillir de ses tiroirs.
Il avait d'abord régné sur la cuisine. Il était rempli de belle vaisselle. Il avait assisté à un grand nombre de repas d'affaires ou de famille… Il s'était imprégné de toute une gamme d'odeurs : les senteurs croustillantes des échalotes, le sucré vanillé des flans, la lente cuisson de la confiture mais aussi le brûlé des plats ratés.
 Il avait aussi reçu les coups de pied égarés des enfants qui se chipotaient pour savoir qui allait déguster la dernière crêpe cuite par leur maman.

Sa montée en grade dans la chambre à coucher l'avait bien déluré. Au début, il y avait eu le berceau, les biberons, puis les bisous d'enfants. Il avait espionné les premières lectures, louché sur les devoirs bâclés…

Les occupants avaient grandi et ces ados qui avaient pris possession des lieux avaient quelque peu dérapé. La tête dans les nuages, le placard avait fait semblant de ne rien voir et s'était concentré sur le contenu de ses tiroirs. Il avait de quoi faire.

Mais depuis quelques mois, la chambre était vide : plus un seul costume sur les cintres. Pantalons, vestons et chemises étaient partis avec leur propriétaire. Il avait choisi de courir à l'autre bout du monde pour se sentir plus libre et faire ce qui lui plaisait.

L'armoire redevenue placard se languissait dans l'attente d'un éventuel prochain occupant. La maison serait-elle vendue ? Quel stylo infernal allait décider de son sort ?

Il s'étiolait et, bien sûr, personne ne répondait aux questions qu'il ne pouvait pas poser. Et l'imprévu arriva. L'un des enfants, devenu adulte, décida d'acheter la maison, de la rénover, et surtout d'y habiter, de vivre avec tous les souvenirs qui lui étaient attachés. Les meubles résidents n'auraient pas à déménager. Personne ne l'entendit, mais le placard poussa un soupir de soulagement. Il s'imagina redevenir armoire.

Les travaux ont duré longtemps. La maison s'habillait de neuf et se modernisait. Le mobilier devait s'adapter. Il subit en silence l'examen critique, les décapages, le ponçage, une nouvelle peinture remplaça la cire.

Un enfant allait loger dans cette petite chambre. Il choisit sa décoration : une petite frise au milieu du mur et sur chaque porte de son placard un animal merveilleux qui le ferait rêver.

Le placarmoire en ronronna de plaisir mais bien sûr, personne ne l'entendit.

ARIEL
Camille Domain

Ariel désirait plus que tout trouver sa place dans ce monde, être aimée. Pour cela, elle n'hésita pas à se mutiler, à troquer ses écailles et sa queue pour des jambes puis à perdre sa voix. Mais en faisant cela, n'a-t-elle pas perdu ses chances de trouver sa juste place ?

REMERCIEMENTS

Merci à tous nos bêta-lecteurs et lectrices pour leurs relectures sans concessions, mais totalement bienveillantes et constructives.

Merci à Raphaëlle de nous avoir accompagnées, parfois avec malice, dans nos mondes imaginaires.

Merci à la MJC de bien vouloir nous accueillir.

Et enfin, merci à vous, lectrices et lecteurs. Nous espérons que vous avez pris autant de plaisir à nous lire que nous à écrire.

TABLE DES MATIÈRES

Préface 5

La mélodie du plombier 9

Dégringolade 11

Le fer 12

Le repas dominical 16

La souris blanche 17

Cascade sur rail 25

Auto-promo-suggestion 26

Le prince 29

Encore raté 33

Libérée ? 34

Une disparition élucidée 38

Barbe à papa blues 39

Drame sur le gazon 45

Si tu savais, Elvis… 46

Malle alors ! 49

Regret 53

Le parc 54

Abracadabrantesque 57

Au chat sans collier......................................58

Félin félon ? 63

Placarmoire..64

Ariel 67

Remerciements 69